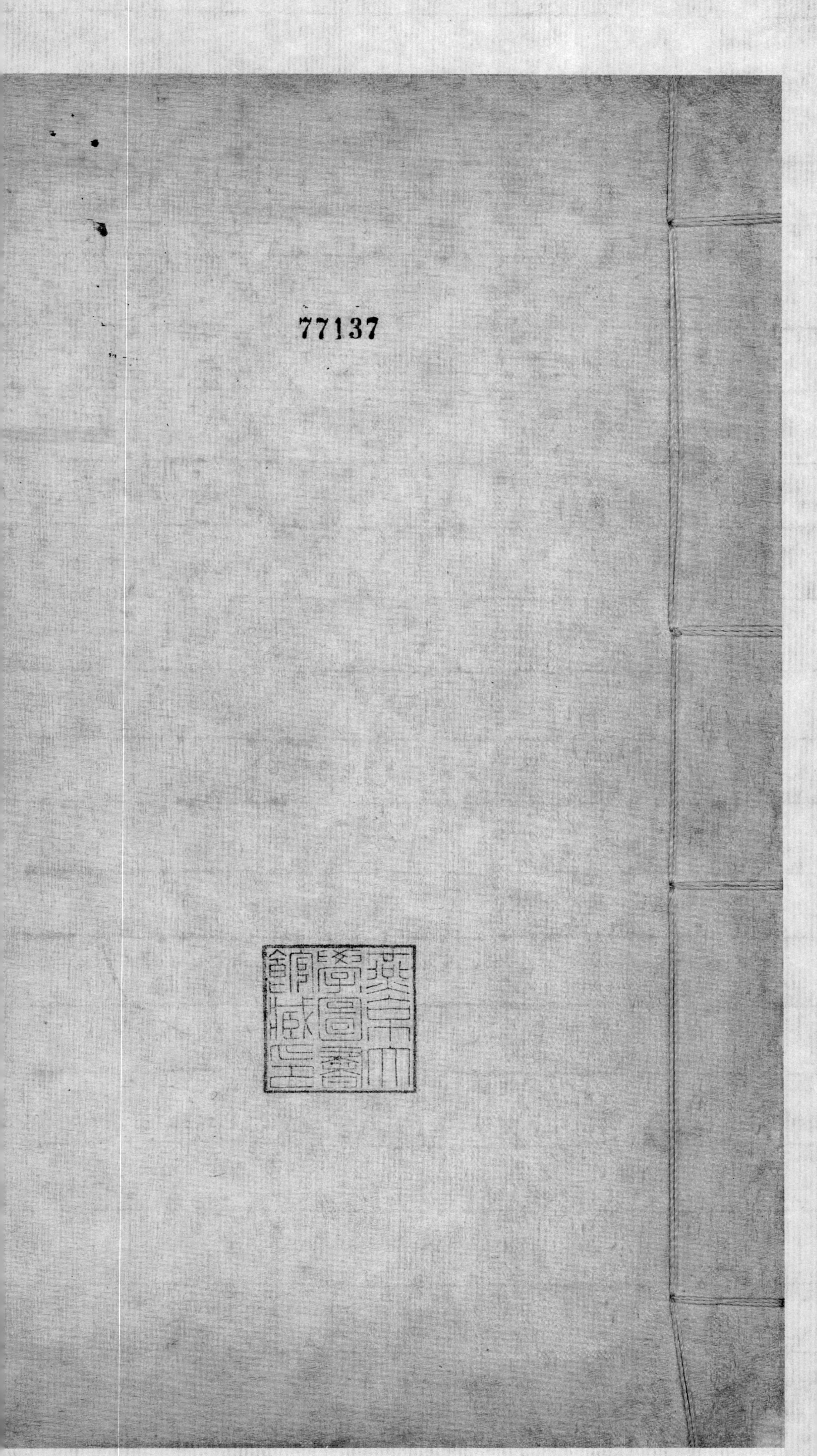
77137
燕京大學圖書館藏書

林屋集卷之五

山人蔡羽著

華燈花初生三首

華燈花初生堂上酒新綠擊刀連環鳴轉柱悲絲促芙蓉開夜屛鴛鴦宿空穀攜手千里人話言常不足話言常不足氣結懷難開新人不逮故去日不再來清商座中激落葉覆我杯酌酒聽琴曲朱顏忽然摧朱顏忽然摧人命如朝露許身安足道知己良難遇螢依女蘿草蟲鳴兎絲樹勿謂杯酒間然諾須相顧

海棠與馬之秀集賞

支硎南峯

寄隱龍常秀靈亭亭亮自含翠學士幕詩留息卓落

四野江湖會平疇陸海心荒山朝旦閣嘉樹日高陰

五里一過東千頃新第

諸峯亭燕海探春豈有客向南又北攻兮一登臺

山花笑客去暖鳥啼句回天際有歸鳥聲逐樓杯

玉龍古腸萬壽三株赤獨獨興聯十尺間林酒今醉青燈

何江溪夜支硎日上垂諸生薄金鍮吹雲赤玉擲羹

臨發登虎丘二首

登幾青門遠秋思酒雪飛天際其夢葉落亭曲收落暉

寓樓七夕

玉樹歌清夜金風吹早秋迎僊列桂節試巧上針樓星幕疏螢綴花筵積露浮朱門天漏切行旅数宫籌

白蓮草堂爲袁邦正題二首

池館碧霞裏江南風土清白蓮當暑發落日愛波明藍水瓊爲樹兎園雪作英鳥啼詩夢醒開牕香浪生

爲念謝家玉誰開溪上堂千花迴鏡白萬葉照心凉未醉碧筒底空懸清夢長不憂乗月遠素女在横塘

祇園寺

空門靜雲水古木亦蕭森鍾鼎丹砂厚碑文緑字深

溪光動靈籟野曠颯秋陰放棹過湖去青天疊翠岑

奉懷太原公

丞相投閒地堂開綠野平九峰丹壑轉萬水白沙明石室朝霞影雲房夜讀聲忠勤在帷幄天上毎垂情

烈士

磬折萬乘風懸劒一時諾交遊非偶然酬酢意不薄昔絕華軒夢青山嗜薇藿一飛冲重霄相逢何踴躍死生非兒戲閒關豈獨樂自非履念眞焉得神不愕

送陳督經子才

楊柳戍絲二月殘闔閭城外路漫漫空餘夜月琴中語添得年華鏡裏看送客汀洲蘆笋綠倚樓風雨杏花寒故人東閣多情思獨咏蘭亭興未闌

龍潭道中

長沙帶江腹古驛枕洪濤風雨有蛟鬬中宵聞虎咆潮頭兩岸闊雲外五陵高任爾盤飧惡消愁但濁醪

京口舟中同錢孔周

丹徒古輔郡鐵甕勢雄蹲山盡逢江驛雲消出海門晚霽日晡嶠新沽花覆樽長歌愛錢起慷慨壯征魂

過毘陵懷鄭蒲澗

數尺宮牆近三年見面難迎車寒草綠送客晚楓丹無作酬關尹留詩寄誹壇梁溪今夜瑟空復月中彈

春陰

春入吳宮久苺苔凍未融花枝愁社日玄鳥怨東風鞞鼓樓臺晚旌旗戍火紅不因風物感吟咏興難同

邀太原公看牡丹

子眞谷口任逢迎無意緣知守相情江表從來擅佳麗海隅猶自樂昇平霏霏岩霧青泥滑欵欵春雲紫旆輕韶舞巳陳夔稷賑洛陽原上看花行

期王子履吉看花不至

山霧忽深黑柴門寂不喧春寒逼短褐朝雨壓孤村粉蝶愁花信香羅積酒痕清明看又過桃李獨無言

蘭花發香

蘭花發香天尚寒旭日初乾池上露碧窻團鏡菱花開闌干一曲櫻桃樹我懷佳人天一涯開函烱烱瓊瑶素春風惜别鳳凰樓夜月淹留桃葉渡江長不見雙鯉魚顔色分明夢中遇滄溟本來無人境十洲茫茫隔煙霧勾吴繁華長不知忽報人間上元度我欲乘黄鵠東作汗漫游看花延陵市聽笛鴟夷州王孫園上多蝴蝶去沽美酒能消愁

鵲語

桐花入新夏乳鵲喧高堂朝霞散復合夕川空且長昔別重灞水今來留蕙裳灞水不可涉衣裳空自香

燈夕湯子重席上

美景忘遊宴珠燈多夜光春城繡戶月羅韈畫橋霜鳴馬客先發誰家懽未央吳宮星未落醉裏笛聲長

荅陳石亭殿講見寄

梨花半白柳絲絲獨立江頭有所思客倦難成春草句天長傳得玉堂詩香從　青鎖封題久露待薔薇盥洗遲珍重故人湖海念夢蒐連夕鳳皇池

鍾山一片石日日看雲生暮色迷連嶂空江揺夾城
鄉愁何處起濁酒向誰傾松影坐來落潭深猿嘯清

秋日牛首

入谷還出谷脩畛屬麗清初程日出海踰隴落景明
倦憩雲端臺緬眷霞際城梯夾千年檜飛蝠懸絛鳴
花落陰洞開逾夏氷琤琤岩前馴猛獸壁上圖蜺鯨
地虛心彌暇恍惚徙倚營指期宿前巘徒旅息復征

宿花岩

迴磴臨陰霞抗步造浮雲前宮未及暝來翠一何紛
寶景臨臺滿玉澗隔葉聞冲虛恍無寐冥寂魄自欣

凌晨挾遠公緣巔瞰江濆扶搖摘星石馴擾鸞鶴羣
終然釋害馬坐覺凡聖分諸天跂予乆揭來庸憚勤

秋日西郊

落木碧空遠秋輝半壁斜遊車停細草飛蓋帶餘霞
水閣煙鍾暝鵶歸省樹譁長安擣衣急秉燭傍誰家

山中

山中逢立夏水國未更衣花晚鶯頻囀春歸蝶漫飛
一村茶盡熟四月蕨全肥莫怪柴門閉蠶忙過問稀

鞦韆怨

丹楯朱干傍花砌青絲流蘇兩頭繫蒲萄結束相思

鳴鳩拂羽翼荷葉大如甲美人别湘浦乘雲適巫峽
許我相見期蘭巵再三歃南風吹緑草路長不可涉
路長愁馬疲日長愁客饑明鏡上塵埃衣匣生蟲絲
荷葉高如屋鴛鴦葉中宿我欲乘文魚遡洄湘江曲
君心亮不易新懽多反覆反覆成蹉跎良會轉難卜
一日不自持奄忽踰三月三月不見君憂來忽如突
秋風吹花落露白荷葉黄美人去經時草碧天轉長
鵾鳥能夜明熠燿能宵行嗟予不復寐耿耿豈有嬰
巴江無的音洛浦轉冥漠十月抱羅衾此意疇可託
手中雙跳脫願持報芍藥旋馬顧舊廬終然不我薄

閣上

谷口草初緑樓高雲復青天寒一鼓瑟韻別少人聽
雪後鷺絲潔風前龍笛腥春光暗楊柳愁上短長亭

西虹橋

引領烟無際憑虛念自深雲回滿川雁秋起一城砧
颯颯閣侵暮孅孅月上林扁舟從此逝把酒不堪禁

懷履約

載酒尋蕭寺風煙古越城竹房穿月冷葛屨照霜清
溪上叮嚀別歌中慷慨情如師空自老念子蚤崢嶸

諸友次高座寺

鍾鳴僧出定虎嘯客經過院院妙香火重重穿碧蘿

王氏從適園

松竹緑波爭亭臺背市幽趣同真適老景倍静觀樓雲自封丹竈樽能問白鷗諸昆喜夜讀兼稱月中游

秋圃篇贈秋逸張子

美人結巢近蓬島虞山石室秋風早珊瑚枝頭日影來芙蓉屏上霞光掃昨日白露凉今朝紫芝老山中惟有黃花好雙湖宛轉夾玉鏡七檜婆娑摩碧昊東村刈葵藿西村採瓜棗黃金籬邊藉芳草真遊何必閬雲泥百歲無如一潦倒三公用盡身外機錢刀終

日生煩惱何如温伯雪玉顔無跡澡秋高擬作海邊遊登臨何處舒懐抱飛節歷巑岏長帆破蒼灝甘菊未落英八桂吹龍腦萬戶鱠鱸魚千家剪香稻啓君紫泥爐啣杯問大道倘得逢至人忘筌即吾寶

靈隱觀

門偏繞青山地遠迂朝鞚水明花對開天寒磬孤送遐瞻極宫闕清遊命虬鳳手把芙蓉枝逍遥發玄諷

天界寺

潮聲萬里至樹影百重青秋後花猶見林高鳥盡靈逢山一揮麈埽石好翻經無愛即無事空牀先蜕形

巳報虜塵息長懸林壑情朝來紅葉動琴傍碧崖行
秋朗知懷闊人高覺勢輕如何安石倦連月苦籌兵

觀音閣

蒼崖犯日道地軸隘江心楚望秋無際吳關塹巳深
芙蓉朝可採龍笛夜虛吟正是重淵上還憂頃刻臨

觀音門

帝城眞王疊函谷是虛傳汪塹深無地關門險接天
鏡裏落帆影雲中皐馬鞭戍樓殘角緩萬里息風煙

諸友酌江上

落日客不發空來白鳥羣亂峰青不斷兩岸綠平分

酒可呑江月牕疑動海雲孤亭倚蒼壁狐兎走紛紛

避暑神樂觀觀醴泉亭

出門望郊墟欵然神仙宅草豐圓丘露葦餘周王迹長煙引笙鶴銀臺隱凫舄醴湧餘百年碧撫泉上石美瑞著　廟歌靈滋沲今昔亶滌埃暑著懷赤書嘘霧白八桂陰蕭蕭重絺步索索來往王喬壇從師乞玄液

靜海寺佛閣

夜宿猶依白鷺洲朝遊忽到古城頭江聲不爲行人竚山色常含往代愁葉下碧欄蕭寺晚馬嘶紅苑北

尋花迷極浦𣅜燭讀幽汀夜榜過甫里朝霞生洞庭
[illegible]知魚有樂爭似酒忘形我欲訪漁父撫君霜下坰

秋夜渡次二首

凉風起素葉江介多玄沙仰見圓景滿繫江空咨嗟
瀟湘隔洞庭神女阻三巴乘月跳石頭停瑟聽鳴篌
舊京衍隱隱烏鵲何斜斜慷慨同舟豪四國爲一家
猛虎隔林啼玄猿當夜哭羈人抱離思月下闇落木
江沱信艱虞唯𣅜成三宿踰水芙蓉明鄰舟雕胡熟
微飈假布帆戴月入蒜谷疇昔多沿洄茲晨乃迅速

山路

夜並熠耀行晨涉蒹葭霜秋河在樹間歷歷明星長

登臺望遠海入谷繞羊腸行子甘露飡居人厭閭房

前車一何遥後車方蹌蹌後車未投𦊅前車已越鄉

灣口

鴻來感秋節雲白認吾家山翠深藏閣蘋香好浣沙

廢興三寸舌今古一籬花吾友如相問西湖路不差

蚤秋西山道院

長林帶京邑西皐開玄宫淒炎頁珍境攬曠丘壑崇

合尊松篁間靜嘯親密同引脰江上山日與林鳥東

華池迴碧牖羽翣虚凉風浮暑日繾綣欣然躡葱蘢

人日山樓

青錦屏風石倒縣石上朝朝生紫煙午時閣暝開巘翠正月山深發澗泉梅花半白情未已沙鷗欲去心茫然晴波渺渺三萬頃何處飛霞來酒邊

鳴鶴臺

彭蠡煙波遠廬陵秋色深山空聞鶴唳木落且停琴物外已虛渺雲端時眺吟不知王子晉月夜幾邀尋

靜觀亭

翛然雲水上物我久相忘月到客不語琴餘泉自香各各具妙理幽幽涵葆光天籟自消息岩前虛碧房

興善寺赴吳子惟新

盡是樂遊園上草尚留村路出平田溪橋遠候東林

磬山色斜分　禁籞煙退食琴書僧境適放銜雲水

馬蹄偏才高不受官拘束許我時時同白蓮

垌城令思過亭

歲自豐登物自熙公庭啼鳥報銜遲甘棠樹底全無

訟猶自停琴日三思

送吳子惟新歸錢塘

落日白下門逢君碧岩裏下馬拂石堂傾蓋懽無已

結交無故新新人勝舊人所重在知已千金難許身

但令吾道在爭雄竟何爲我愛金華山與君爲宿期
一掃千年苔岩上結雲居斗酒醉千日免致長皺眉
楓霜日夕紅臨行賦五噫

逢宗子伯昭

日落猿不哀巖深鹿能訶相逢出中人猶疑昨朝夢
可喜花霧晴又見水月動石門囀新鶯孤磬亦遙送
子山哀流落長沙亦堪慟閒關莫衒才此意君當洞
躡空思攜牀逃虛免嗔衆我有石鍾乳碧椀初夏凍
借君白玉塵竹下聽清飆道在途不窮無庸但悲痛

寄贈楊子元仁

昔學浮丘生同門不同時多君有逸步萬里常先推
雖慕蔺子名未覩荆州眉豈期甲申歲得御長安逵
始悲相逢晚情極不自持跪絃雲中奏玉麈竹下麾
談經掃荆棘四座俱解頤玄辭疎毛骨六月遊天池
十載荒蕪田一旦爲春犂士風豈不長中道忽見遺
虛掃鍾山石去去難追隨月落碧海遥雲起蒼梧遅
蕭蕭白門秋獨坐常相思頗聞甘泉宫策士羅丹墀
子雲頭半白操翰當揖誰文成射天機珠吐光陸離
重瞳正高朗顯擢今無疑寧爲主父召不作賈傅悲
金門好春色曲水明花枝　宫恩到𡧍布遭際端在

金門好春色曲水明月花枝　宮怨到靑布遺際端在
重瞳正高明顯擢今無競寧爲主父且不作賈傅悲
子雲頭半白操翰當誰文成射天機珠吐先陸離尋
蕭蕭白門秋獨坐常相思嫡閒甘泉宮來士羅丹墀
遠歸鍾山石去去難追隨月落碧海流雲起蒼梧遙
十載荒蕪田一旦爲春耜士風豈不居中道忽見遺
談經歸荊棘四座俱解頤玄辭來屯骨六月遊不池
始悲相逢晚情極不自持跪陳雲中奏王度竹下麈
與叢蘭子名未期荊州眉豈期甲中歲得御長安逵
思學泮泝生同門不同時多君有逸步萬里常先推

訾淵枯蟻困龍機險鵷化鴟跛鼈致千里老驥常絆
羈用舍自關係奚必怨主司窮冬律不應昧谷暘難
曦紅嫣雨爲仇木病霜見欺寧解日邊花灼灼含華
滋物理固如是天地非有私四序倏代謝日月相盈
虧陰陽自消息品彙歸鑪錘不如守太素開拓道德
基青蓮終古色寶鏡玄光窺徒知作者功未喻入者
尸仰眷白駒篇細和衡門詩吾道在丹丘漸與麋鹿
宜彩霞朝堪乘黃精不用炊十步一飲啄俯仰無忸
怩雖乏五斗米已著田園辭寄書有燕鴻莫謂天一
涯臺閣與山林百代同芳蕤荀奏鹽梅功尚冀來悉

蛇停車丹楓間問我五湖湄開壇續雞黍慰藉拜秋彝

東府旅次十一首

未見雲外心先指庭前栢脩然明鏡中日晚霜潔白

鳥宿碧潭底雲移罨畫間客子自來去青山終歲閒

落日北湖水秋光徹玉壺壺中兩點雪照見雙寒鳬

海霞初斂夕江月亦乘潮輿來秋夜笛擬度赤城標

蟋蟀知時晚山蟬泣露凉經秋客不返獨卧綠蘿房

有客白馬來高林碧雨歇湖上石樓開忽見山吐月

松竹翠眞室巗泉玉作簾膽凉魂亦息三伏總無炎

送袁伯高就教

南渡江山不盡青北遊花鳥轉冥冥君行莫道儒官易要與邦家作典刑

至日

至日門無車馬忙靜閑樓閣看湖光人間漸覺青山近天闊其如白鳥長看花昨日長安雪著書猶記茂陵霜鱸魚橘酒酬辛苦今日今年醉故鄉

懷鄉邦輔二首

青槐甲第水雲鄉十五年前繫野航記得碧窗啼鳥處玉蘭紅藥夢中長

讀書萬卷不求名玉樹經霜歲月清爲問江淹雙筆管春風今見幾花生

鐵瓶草堂爲馬子干遇賦

溪接帆逕綠園分吳苑陰虚堂不出郭嘉木自鳴禽點筆看山近藏書種竹深莫彈歐冶劍千古有龍吟

人日山閣有懷

朝雨歌樓閣寒泉開竹房江湖春緬邈沙野畫微茫錦瑟燈前約紅梅雪後香沙鴻飛不到日暮怨天長

吳淞江分題爲袁補之壽親

花開千嶠月潮送一川星海岸夜猶泛春洲朝未醒

桂子

淮南山下青瓊枝溥溥白露映西池徒聞香嚮空中墜不道根從天上移秋色思從公子飲晚波憂涉洞庭遲援琴未鼓月先至席上風來醉自宜

春遊

朝霞巳東發夕月尚西流香磴緣青壁新花覆綠洲絃停啼鳥怨管急翠蛾愁絃管有時巳春愁不自由

林屋山人集卷之五

林屋集卷之六

山人蔡羽著

金陵寓樓有懷五首

圓景流素幕長河度金扉風多漏聲咽燭㓕霜露飛屬思千里人中夜三攬衣北闕獻書晚南山音信稀

瑟瑟華京風冽冽寒士悴營營遂遊子歲暮胡不歸

今夜天正寒機杼聲不絕辛勤錦中字猶訴當年別哀鴻附冥漢潛穎泣玄穴撫物情不平復霜心屢折

杪歲客不還空然衣百結如何箕斗間三星轉明滅

皓魄盈中天松桂俱含悽江神弄水碧海岸啼天雞

菊松老荒徑雞犬守舊墟莫信闗門人臨去猶著書
蜀琴對寒燈蟋蟀不以時辛苦莊舄吟倉卒阮子悲
往日嗟難恃來日安可期焉知連雲岡不作湯谷池
相逢都門傳一飲高漸離解劍贈知已東歸尋舊狖

雪四首

同雲四野平水昏雞亂鳴陰山無烽火交河早洗兵
虛無黃金屋冥漠白玉京風波昭闗道歲晚季子情
持酒欲何言天寒燭不明朔雁哀已遠旅䰟猶夜驚
天花散太素轆轤鳴金扉夜折三河膠朝亂七襄機
穴隱玄猿哀水結鴛鴦衣塵多手裘落熘泠人影稀

如何離澗阿旅食常郊縶犬途旣迩昧小逕尤隱微

璿臺疑素輝玉河斂寒色皓氣連東溟祥光轉西極

草短原兎飛河平車路直莫羨北里歌請聽南隣織

夜靜拂氷花翠梭抛未得如何天涯人不念桑梓域

雝雝雲端雁唧唧床下蟲四衢無車聲八門多旋風

瓊山屬　帝宅貝闕臨玄宮緬瞻三辰位始洵六合

同分索難爲懐味澁景亦窮忽舒高城霽喜矚朝日

紅

思田園五首

南方樹藝早嘉蔬當及時王官鑿氷罷忽起田園思

巖居遠朝列雲卧隔市廛邈來多行役裒敝不得旋
旅徒何囂囂頻年棄墳墓秋邁望春歸冬盡悲秋度
三見王官麥長吟白亭樹青青巖上條已蔽巖前路
悵悵東遊子何時復西顧秋霜落明鏡朱顏不逮故
卮酒臨高閣日暮多風塵仰見吳門月不見吳門人
他鄉促新節異俗爲相親飛鳥戀故園遊魚知舊津
悠悠長途子不愧羽與鱗西風觸琴瑟絃急多悲辛
青青瓊瑶枝歲晚今幾叢轉轉孤生蓬託根霜與風
玄冬畏飄旅行者憂路窮兩情難強言對面味不同
寢此節序改念我桑梓中言旋逮未氷焉可候春鴻

尊中有明月歌

尊中有明月琴上有素絃美人能彈客能飲玉壺正傍花枝邊皓齒對嬋娟清輝相共憐紅顏笑挑李獨立無比妍月不常圓花易落蛾眉却怕秋霜薄良會難湏行樂爲君高歌勸君酌酌未終歌轉哀金壺銀箭急相催春光今夕争時刻傾盡車渠三百杯

秋日

偃息踰歲時登高感揺落車來不除棘鳥鳴自巢閣形迹不見妨漁樵隱相托顧念蓬何生終俾石爲錯虛心日無怒物至自成樂懸梯覔霞構乘凉陟蘭薄

虛心日無慾物至自成樂幽棲更靈構來凉陰蘭薄
形迹不見妨漁樵隱相托顛念逢何生幾傳石爲語
偃息瞻歲時登高感捷落車來不降棘鳥鳴自巢閣

秋日

詩急相催春光今少年時刻傾盡車渠三百杯
難道行樂爲君高歌勸君酌酒未終歌轉哀金壺銀
近無比妍月不常圓花易落蛾眉却怕秋霜薄夏會
傍花枝邊暗腸嬋娟清彈相共憐紅顏大桃李語
尊中有明月琴上有素絃美人能彈客能飲玉壺正

尊中有明月歌

新漲

今年春漲早潮已入青溪綠淺深宮柳香銷上苑泥
月中思錦纜燭下望金隄商女能聯槳秦淮夜唱齊

出郭

花殘館娃樹草綠赤門濠茶竈尋山遠簫聲出郭高
上香逢穀雨枝亞熟含桃想到千尋磵眠聽雲外濤

畫馬歌

求神不求色畫馬難畫骨徒聞天馬與西極古今茫
茫難彷彿圖龍子剪騄駬畫馬却自開元起落流星
應飛鳴當時神品稱韓生唐家天廐幾萬種五花散

彩迷天坰纔經點化風雲生後人得見飛龍形跡甲
有厚薄骨髮偏精神毫端九方職紙上希世珍松雪
學士有神翰曠代真能繼韓幹此馬驪黃是正色竹
耳雙尖鵷鳳臆軒軒天閑真飛熊牽来却在龍池東
連錢隱隱動肉騌千金寶轡描玲瓏芙容闕下嘶碧
雲清京殿前刷晩風血汗如噴珠桃花濺靴袴篲擁
臙脂尾髻軒不肯顧風流趙老意入神彩毫瀟洒凌
風塵天山萬里羨功名一見神駒真絶倫

夏日

炎景官城烈朱光碧户愁草思中伏雨人望九原秋

淡景宣城烈朱光碧石秋莎鬼中伏雨入望九原秋

夏日

風塵天山萬里羨功名一見神駒真絕倫
驪背毛鬐軒不肯顧風流超卓意入神彩毫瀟洒姿
雲清凉殺前罔崚風血汗如噴珠桃花濺靳絳旌擁
連鈸隱隱動肉騣千金寶轡描玲瓏芙蓉闕下嘶碧
耳雙尖鴻鳳臆軒軒天圉真飛龍牽來赴在龍池東
學士有神翰寶代真能繼韓幹此馬驪黃是正色竹
有骨寫骨髓精神毫端九方職紙上希世珍松雪
淡天河綠縱點化風雲生後人得見飛龍形踏甲

秋日虎丘陪顧台州二首

石壁開青道煙霄結紫閭霜凝秋壑秀人立曉欄虛屢減雲邊鴈傳聞花外車台州才曠達客思亦蕭踈

日落歌不巳江南滿目烟霜危沙葉紫鳥映浦花鮮屐齒臨虛磴茶爐覓冷泉生公月未起思借上方眠

懷葉子尚宗

莫道東門近雲帆竟渺然三春花自發萬里月頻圓訝俗緣文古超群喜志堅相逢轉遲滯楓林瞟日懸

送張子汝警還宿州

江漢風蕭瑟濠梁歲有成昨爲朱邸客朝觧白門旌

月爲行人發花憐舊館榮鯉魚書好寄汴水繞州城

新亭懷古

寂寂山河繞帝丘今人不觧昔人愁梟鷲巳歌周宇宙衣冠空説晋風流離宫細草洲前色古戍殘霞花外浮千古浪追王謝拙犬羊讎耻侯淵謀

清凉寺

持觴可奈江山麗欲訪行宫事渺茫水鳥入城多野趣時花占暖發溪光霞留尚子遊忘倦馬送山公醉不狂貝葉未題頻掃榻袈裟顛倒爲誰忙

湖涉二首

聞吳嗣業亡

常愛閒居有勝情計來終日使人驚傳家科斗今無學玩世壺觴但有名春過綠蘿虛舊月秋來黃鶴怨東城百年卿族全京冷念爾芝蘭有後生

幽居

抛書如有感聽笛坐忘眠秦塞鴻難繫吳門月自懸舊游惟夢見有約負春前世事朝朝變山深無信傳

長安月

月未落花先寒初三月色生微瀾長安兒女牽臂看學畫雲間眉風動愁花枝還開匣中影寶鏡光初冷

今夕高臺歡未央明朝又踏月中霜對對樓前巢翡
翠雙雙陌上逐鴛鴦鴛鴦翡翠相逢路鬱金香氣多
如霧金塘風起落花鈿玉葉霜消濕紈袴花鈿紈袴
香不滅今夕還愁來夕别盈盈三五夜漠漠上巳天
花開不留戀月缺徒取憐金張歌嘯出雲端玉樓夜
半聞鞦韆鞦韆靜琴瑟鳴座中傳得長門聲長門怨
已深鶴關無信音將心訴明月照妾機中心照心心
轉悲照影惡别離但見佳人踏月行不見佳人生素
絲

許子仁佐至

山深不見草堂星何事紅燈竹裏明滄洲欲話十年夢禪榻驚啼半夜鷽曲曲巖房留客久悠悠雲水桂帆輕要知後會蓴絲早百合花前再定盟

游子五首

摇落愴游子登高望不極旋風起四隅天地忽失色鳴蜩抱空條離鴻適人國蹉跎園田春空然怨秋稷毛裘多零落車徒嗟南北朝無一宿春動謀萬里即即途將安之白露隕作霜風吹素葉起河漢耿且長光景易朝菌今古等彭殤伏軫三十年歷陟荆棘場烈士長虛懷公子慕臨觴臨觴不相知對面如參商

參商古今怨栗冽此孤夕征途屬杪秋圓景起素魄
綏頹空歲華旋踵常促迫行念蛩蛩義欽懷周周惕
歷歷女牛星相距不盈尺熖冷横江樓忉怛索居客
索居何年始髣髴桑梓人出門烹伏雌昏建在參辰
居者念路長行者日風塵室家成彌曠異域爲相親
蟲聲雜草木逵曙聞悲呻昨日趨蹌路今日荆棘新
四序惟秋懔值此離抱屯臨高望墟野此意難具陳
欲陳君未諭奈此繞樹烏天凉白日匿霜落黄草枯
哀商座中激急切傾名都吕望未適周百里長處虞
草草羈旅間空自懷區區捫虱上東門未敢論賢愚

深千畝芙容抱蘭沚茱萸結作囊甘菊釀成酒橘摶
欒兮楓葉丹明日山中是重九綠雲滿地紫蟹香猿
啾啾兮啼夜霜南園公子北山叟相逢共醉鱸魚鄉
西風㫐鴈正滿塘湘江美人各一方江空木落情茫
茫

柳

江南三月雪塞北萬條烟短笛情何切行人馬不前
輕輕蹴自好細細舞堪憐戍客離家久春寒欲絮綿

山半觀消夏灣

林巘眞可愛春半尚輕裘草色承衣帶山光落杖頭

遊人已入鏡待月盡懸鈎野興都無管翩翩信白鷗

王子屐吉又讀治平發書相問

城外尋湖寺王生好著書舊爐三昧活新草半窗虚

鳥語花間戸雲迎竹外車石牀山翠重來坐濕吾裾

秋景五首

曉蟬聲不發寒露滿空園傒候靈山磬愁聞白下猿

花開隔江岸葉映遠人村記得雲生處重臨石上尊

芙容猶緑水白鴈滿秋田斜照移人影䟦花映馬鞭

寒泉石畔切江路樹中緣傒掃遠公榻來看沙鳥眠

草色出城碧寒潭凝黛深玄宫度脩阪仙樂下虚岑

山磬寒相答漁燈晚自依關門今夜笛似怨柳條稀

正月十日

雨滋初轉碧朝靄漸承曦春澁梅開緩寒深鴈去遲花林將候月燈夕儗臨池不見蘇臺柳年年畏別離

車行三章

車行出北郭坰馬蕭蕭嘶凉風動廣野鴻鴈縱横飛陰山急烽火萬里赴戰期寶刀鳴鞘中不顧家室私室家予豈遠君恩不計返覉于既胥遁聯鑣獵胡苑車行踐虜庭師千一何棘胡霜結寒門鴻鴈賓南國前軍抵代谷後軍留漠北雖得金節旄不見桑梓域

桑梓寧忍言父母豈無恩誓滅大國仇奏凱旋中原
車行何幡幡鴻鴈俱北還草青涉交河月黑閉漢關
沙河自南流關門自北啓何時赦餘醜輕車拜天子
功成不受爵長揖歸田里耕田有餘力養親有餘日
失足在戰場追修薦棗栗

龍泉書屋爲錢德平

怒龍盤海秀噴薄出雲長莫問千巖裏遥知六月凉
松間謝客境鶴到尚平莊嶔卜藏書窒何須少室傍

渡江三首

秋陽上東門宫觀遥相輝京風振蘭林草木生清哀

渡子報眞州滄惶一停幰圓景自東至開襟承夕酌游鱗起漲淼岸影天際青不辨舊都樹但矚隨潮星去館更興想新次不獲寧曠懷極淮海浩興彌洞庭

雨中獨坐懷諸友

郡國故人經歲別但隨樵父卧天涯蕭條下里愁中曲惆悵南山霧裏花兩岸啼鶯春渺渺一簾飛絮雨斜斜河豚石首佳期近想見吳門酒漫賒

誦顧司勲武祥詩

昔愛才名早今多秀句傳寒梅香有種瓊樹晝生烟學道嗟虛老無丹別有仙碧窓延思久撫卷竟茫然

虎丘赴毛子純飲

晨移步障上青山夕引楼船鎖碧灣臨池酒暖花如雪三月春遲竹未斑豈是緑苔無客掃纔聽黃鳥便心閒西園公子忘形久為借龍笻燭下還

三月八日到鹿飲泉

十里荷茶竈鼈攀蘿覔遠岑微軀已世外寧用浣塵心危磴緣雲細寒泉洑竇深古人巢穴地百歲幾登臨

懷劉水部時服

感時花易盡對酒月空明湖北書難致愁中草自生知君稅駕早念我曳裾情擬誦黃花句煩烹蓴菜羹

何事今年早江鄉雪未乾拂衣憐草短穿幕避春寒
世苦謀家切禽猶擇主難含桃有新粉銜絮繞簷端
鴈
滄洲花已落胡鴈作行歸暖畏南方早魚思北海肥
有書頻護爪無雪免沾衣萬里桑乾意秋來莫久違
陳督經席上
官地清如水高齋只論文坐傳花外漏行繞苑邊雲
德飲寧知醉人香未易薫信知鄉族美儒雅亦超群
董太學還柳州
汀樹虛秋色行人發鳳城蒼梧雲早白炎海瘴初清

遐想桄榔麪難聞杜宇聲羅池冬尚暖到日正花明

病中五首

病寄青山曲齋懸草木陰懶無耕稼績癡有濟時心
但得杯中趣寧知絃外音烟霞三萬頃魚鳥漫追尋
黃花真愛客適意但悠悠放鶴一林月春雲萬戶秋
養魚非拙計釀酒得良謀范蠡能忘世陶潛亦遣憂
路入雲邊細鷄鳴水上昏青山不出戶黃葉已空村
豈爲蛩驚夜時因月滌樽把酒喜不寐美人言自温
枯蟬隨葉落虚牖映霜紅夜夜聞來鴈朝朝送斷虹
豈因耽竹瘦自笑著書窮城郭久不至交游惟夢中

酒緑車渠盌花香藥玉屏錦帆涇上月歸路笛分明

王駕部乃翁就養

官舍迎親白鹿車暫辭蓬島到京華千門氣暖宮桃醉二月鶯啼御柳斜畫省壽觴春似海瑤池僊宴棗如瓜也知緑髮垂肩好故着烏紗襯紫霞

贈張膳部惟静

豈有才堪取頻煩奬論收停驂問寒士踏月到江樓思結千巖秀吟回萬壑秋只今汾水上誰許擅風流

山閣

夜雨過山閣苕溪秋色來漁舟天上去蘋花鏡裏開

月令初流火山椒聞宿雷孤吟愴揺落村笛不須哀

春去

寂寂山含緑悠悠草帶烟空懸雲外想獨向鏡中眠多事唯梁燕閒心對冷泉春光撫酒去樓上一停絃

寄伍長垣

門前碧樹護雲沙游子爲官幾歲華正是春宵堪秉燭海棠亭館隔天涯

寄黄督經

吳門送别汀洲雪天上誰乘八月槎太守古來兼將略參軍今日重詩家凉風細動楸梧影秋水初揺蘋

遷

中秋

把酒常思明月夜交游不似去年親踈花欲折偏憂雨北鴈初來又送人稼穡有秋烟火少兵車無戰羽書頻却憐醉裏丹楓葉似爲吟翁着意新

張膳部席上

迴溪臨碧館御柳接金沙晝省分蓮炬芳樽落苑花來曾燕子引去任馬蹄斜聽誦看山作空令思繞霞